KB120567

탄잘리교

시작시인선 0411 탄잘리교

1판 1쇄 펴낸날 2022년 2월 14일
지은이 박유하
펴낸이 이재무
기획위원 김춘식, 유성호, 이형권, 임지연, 홍용희
책임편집 박은정
편집디자인 민성돈, 장덕진
펴낸곳 (주)천년의시작
등록번호 제301-2012-033호
등록일자 2006년 1월 10일
주소 (03132) 서울시 종로구 삼일대로32길 36 운현신화타워 502호
전화 02-723-8668
팩스 02-723-8630
홈페이지 www.poempoem.com
이메일 poemsijak@hanmail.net

ⓒ박유하, 2022, printed in Seoul, Korea

ISBN 978-89-6021-615-0 04810
      978-89-6021-069-1 04810(세트)

값 10,000원

탄잘리교

박유하

천년의시작

시인의 말

시를 모르고 살았다가
어느 순간 시가 좋아졌다

좋아하는 마음을
오랫동안 품고 있었는데

문득 내가 무엇을 좋아했는지
아득하다

이제 내가 믿는 것이
시다

의심하다가도
회개기도하듯이
쓴다

이곳에 없지만
어딘가 존재하면서

시는 죽음으로 나를 구원한다

차 례

시인의 말

방청객

"우우"
함성이 눌러앉아 꿈틀거렸다
"도달하지 못할 것 같아"
우리는 그런 적이 있어 보이는 얼룩이었다
초저녁 같은 너의 목에서
또렷하지 않게 버티고 있는 낮달처럼
너의 얼굴은 밝기 위해 노력했다

"웃으세요"
푯말이 지나가고
우리는 동시에 깔깔 소리 내다가
점차 삭막해졌다

무대의 분위기는 상승했다
"환호성을 지르세요"
푯말이 지나가고
"우우"
우리가 소리를 높일수록
괴상한 울음소리가 울려 퍼졌다

\>

"동물의 왕국 같군요"
진행자의 말에
어떠한 풋말도 지나가지 않았지만
우리는 미소 지었고

"혹시 그것이 이곳에 와 있는 건 아닐까요"
진행자의 말에 우리는 멈칫했다

카메라가 방청객이 있는 어둠을 향하자
화면에 짐승의 눈 같은 불빛이 어룽어룽 움직였다

"저게 뭐죠?"
진행자는 방청객을 주목했고
우리는 우리를 의심하기 시작했다

우리는 완벽히 어두워지는 본분에 집중했고
"으악"
비명과 함께 조명이 꺼졌다

우리는 우리에게

꼼짝할 수 없었고

조명이 켜졌다
엔딩 음악이 흐르는 가운데
"박수 치세요"
푯말이 지나가고
우리는 열심히 박수를 쳤다

그것이 서서히 퇴장하고 있었다

방 거래

"침대가 놓여 있습니다

에어컨과 선풍기가
구비되어 있고

오랫동안 펴지 않은 책들이
책장에 꽂혀 있습니다"

"가구들이 가득 들어차 있다고 하지 않았나요?
당신의 방은 당신의 설명과 다르잖아요"

"나는 사진에 나온 대로 설명했어요"
가스레인지와 냉장고, 화분, 옷장에 대해
이어 설명하면서 나는 분명 숨기는 것이 있었다

"식탁과 책상을 사면 이곳을 채울 수 있을까요?"

이미 사진 속 방에는 가구를 놓을 공간이 없었지만
나는 이곳을 채우는 것이 불가능하다고 느꼈다

>

"창문을 보니 아침이었네요. 어떻게 이곳에서 나오셨어요?"
"글쎄요, 아침에는 더욱 그러니까요"

나는 방에 대해 이토록 대화가 잘 통하는 사람은
처음 만났다

"그래도 나무가 잘 자라고 있어요"
우리는 유머 코드가 맞는다는 듯이
서로 웃었고

검은 개가 우리를 향해 컹컹 짖다가 떠났다
사라진 울음이 귓가에 남아 맴맴 돌았다

우리는 방이 들리지 않을 때까지
앙상하게 남은 우리에게 집중하였다

애초에 나무만 있었다는 듯이

폭발 사건

십, 구, 팔, 칠
'지금이라도 뛰쳐나갈까'
삼, 이
나는 두 눈을 꾹 감고
일

두 눈을 떴다
폭발물이 터졌는데
방이 무사하다

그렇게 죽고 싶던 나는
죽지 않은 것이 자랑스러웠다

밖에 나오자
사람들이 나를 쳐다봤다

"무슨 일 있었어?"
"나도 모르겠어
분명 이곳이 폭발했고 나는 여기 있어"

>
나는 미연이와
차를 타고 도로를 달렸다
갑자기 살아 있는 것이 의심되는 순간
차가 도롯가로 떠밀려 가듯이 멈추어 섰다

"왜 이러지?"
"미연아, 미안해 나 때문이야
나는 아무래도 죽은 것 같아"

미연이는 겁을 먹었고
나는 죽어 있는 나를
한 발짝도 움직일 수 없었다

미연이는 정지한 나를 경이롭게 여기며
폭발 사건을 믿었다

"그런데 이 일을 어떻게 하지?"
"방이 무사하잖아"

우리는 환하게 웃었다

여덟 살

창을 열고 나온 것 같다며
너는 집에 들어갔다

"닫고 왔어?"
"잘 모르겠어 왠지 열고 온 기분이야"

너는 다시 집으로 들어갔다
나는 너를 쫓아갔다

창은 닫혀 있었고
우리는 안심했다

한참 걸어가다가
비가 왔다

"창을 닫지 않을 때
꼭 비가 왔어"
"괜찮아, 우리는 닫았잖아"

그 순간 폰이 울렸고

왜 비 오는 날 창을 열고 갔냐는
엄마의 목소리가 들렸다

"말도 안 돼"
우리는 끝내 집으로 달려갔다

"엄마, 미안해요
창을 꼭 닫고 싶었는데
창이 닫히질 않아요"

우리는 눈물이 나왔다
믿기 힘들었지만 창은 닫혀 있었고

엄마는 우리를 보며 미소 지었다

또다시 나비처럼

서희는 바람처럼 전철 속으로 들어와 구석에 머문다 긴 스커트가 맥없이 가라앉는다 그녀가 무의식적으로 창문을 바라보는 동안 마려운 기미도 없이 뜨겁게 치미는 혈액, 쏟아지는 자궁의 벽을 참아 내는 근육은 없다 끈적끈적한 액체를 감추는 노력은 마분지같이 건조한 그녀의 얼굴이 잠깐 움찔하는 것으로 편집된다 흥건히 월경에 젖은 팬티를 빨 때마다 그녀는 부드럽게 흔들리는 연초록 잎들의 냄새를 생각했다 전철 속 창문은 나무들을 빠르게 갈아 치운다 어느 사이 울창해진 나무들을 바라보며 보도를 횡단하던 봄밤 느닷없이 그녀를 들이받은 승용차처럼, *여보세요, 여보세요, 눈 감으시면 안 됩니다 이것이 보이나요 사고 과정은 기억나세요* 응급차는 정신없이 울려대며 그날의 빗소리를 지워 나갔다 단지 가장 여린 첫 잎 하나를 놓쳤을 뿐인데 왈칵 쏟아진 봄에 부딪혔던 그녀는, 눈을 지그시 감고 햇살을 받고 있다 정작 나무들은 매년 몸속을 비워 낼 때 울창해지지 매달 비린 잎들을 쏟아내며 그녀는 푸르게 우거지고 표정을 잃는다 길게 늘어진 그녀의 치마는 또다시 나비처럼

몸 안의 기후

몸은 물과 얼음 사이를 펄펄 흘리며
배고픈 색을 지어냈다

나는 몸의 정상에 올라
비워 낸 감각을 뿌드득 뿌드득 씹어 먹었다

투명해지는 배 속에서
첫 연인의 여운 같은 빈속이 울렸다

자신의 소리를 상상하다 아무도 모르게
물러나는 이 결정은
진저리 따위로 털어 낼 수 없는 몸의 기후

소금처럼 자라나는 신경들이
눈이 눈을 받아 내는 부대낌으로 더부룩하게 살아 있다

때로 낙엽은 귓바퀴 같아서 그 속을 후비다가 찾아낸 허
기가 눈의 기원이다
나를 전부 덮고도 날카롭게 바깥을 응시하는 눈부심이
빈몸을 찌른다

결국 이 기후는 살며시 착상하듯 사위어 갈 것이다

귀가

잔디밭 사이에 난 길을 걷다가
길이 끊겼다

나는 길을 잃은 것처럼
어디로 가야 할지 망설였다

사방이 어두워졌고
멀리 밝은 빛이 보였다

나는 밝은 빛을 향해 나아갔고
다행히 집에 도착했다

'길을 잃을 뻔했군'
몸을 간단히 씻고 잠이 들었는데

누군가 나를 흔들며 깨웠다

"당신은 누군데 우리 집에서 자고 있지?"
나는 얼떨결에 일어났고
낯선 소파에 누워 있었다

\>

얼른 도망치듯 나와

집을 확인하니 외관은 역시나 나의 집이었다

다시 집에 들어가기가 두려웠다

잔디밭 사이에 난 길을 따라

나는 집에서 멀어지면서 집으로 돌아가고 있었다

민들레 꽃씨

한 차례 출렁이는 바람이 지나간다
민들레 꽃씨들이 태기를 파닥이며
낮달같이 숨 쉬고 있다

"오빠, 민들레 꽃씨를 불면 이곳이 꿈속 같아"

다닥다닥 피어난 새벽빛이 날개 없이 날아올라
숨 가쁘게 균형을 잡고 있다

"꿈인지도 모르지"

바람을 건너는 무게가 흙 사이에 몸을 묻는다
바람은 밤보다 어두워서 방향이 없다는 듯이
거리 구석마다 피로같이 눈을 뜬 민들레 꽃씨들

다시 돌아오는 길에
아까 불었던 민들레 꽃씨가 여전히 피어 있다

"오빠, 저것 봐봐"
말하려는 순간 그곳을 지나치면서

>

나는 원래 오빠가 없었던 것이 기억난다
옆을 올려다보니 강렬한 햇빛 속에서

"다영아"
누군가 나를 부르고 있다

눈물점

태운 점이 눈 밑에 다시 돋아났다

눈물 날 일이 많을 것이라는 미신美信은 미신迷信에 불과
했지만

다시 돋아난 점이 전조로 느껴졌다

기상청이 소풍 가는 날 비가 왔다는 농담이 좋았다

카오스는 카오스일 뿐이었으나

사람들은 한 손에 우산을 들고 집을 나섰다

점의 뿌리는 예상보다 깊었다

잘못 점을 뽑으면 흉터가 깊게 남는다고 의사가 말했다

마른 우산을 들고 집으로 돌아오면서

오랜만에 만난 선배가 잘 지내 보인다는 인사를 건네 왔다

나는 눈 밑 점이 간지러운 듯이 긁는 습관이 생겼다

선배도 잘 지내시고 다음에 봬요

나는 언제 만날지 모를 약속을 기상청에서 '싸락눈이 내릴
것'이라고 점쳐 주길 바랐다

내려도 쌓이지 않는 일상들이 계속되었지만

나이가 점점 늘어나는 것이 수상했다

내가 사는 것조차 미신 같을 때도

눈물점이 눈물을 점쳐 주는 내력이 삶처럼 느껴졌다

이상한 고장

동생이 울자
느닷없이 장난감에서 동요가 나온다

내가 동생을 안아 주고 있는 동안에도
장난감은 "hello, hello" 말을 건넨다

동생이 더 이상 울지 않자
나는 장난감 뒤쪽에 있는 전원 버튼을 내린다

그때 거실에서 "쾅!" 소리가 나고
장난감은 "좋은 아침이에요" 말을 건넨다

"내가 볼륨 버튼을 내렸나 봐"

우리는 다시 장난감 뒤쪽으로 가 보았지만
전원 버튼은 내려져 있다

색감色感

잉크가 뿌리를 내리듯이 종이에 스며든다
잉크는 종이의 깊이를 안다

잉크는 식물이 자라나듯 냄새를 풍긴다
나는 잉크 냄새를 좋아하진 않지만
이 냄새에 끌리고 있다

잉크는 종이가 하얗게 망각한 지하의 기억이다
종이는 얇지만 잉크는 깊다
문득 잉크에 싸한 지하의 냄새가 나기도 한다

잉크 속에는 누구나 다녀갔지만
아무도 흔적을 남기지 못한 공간이 있다
그곳은 언제나 새 곳이다

신선한 외로움이 새의 착지처럼 늙어 갈 때
잉크는 종이와 익숙해진다

잉크는 모든 냄새를 잃고 까맣게 말라비틀어진다

잉크는 죽었는데 색이 진하게 남아 있다

나는 색 앞에서 점점 오싹해진다

교주

"난 노란 꽃이 좋아
키가 크고 잎도 넓은
그런 꽃"

"해바라기?"

"아니, 활짝 피어나면 둥그런 꽃이야
양지바른 곳에서 자라고
씨앗을 먹을 수도 있어"

"그건 해바라기인 게 분명해"

"아니, 한해살이 꽃이야
겨울에는 볼 수 없지만
열매가 자라지"

"해바라기는 열매가 자라지 않아"

"넌 믿음을 갖고 싶구나"
"그럼 네가 말한 꽃을 보여 줘"

\>
나는 너의 눈을 끝없이 바라본다
너의 눈이 흔들리지 않는 동안

나의 눈이 흔들린다
나는 믿음을 들킨다

"알겠어 그 꽃은 해바라기가 아니야"
나의 눈은 여전히 흔들린다

어느 방향으로도
나는 믿음으로부터 헤어 나올 수 없다

고양이 안테나

이십 년 전 구름을 향해 꼬리를 들어 올린다
해진 털이 지난 하늘로부터 과거를 수신하고 있다

부드러운 털을 먹고 자란 무성한 시간은
바람 가운데 오래 버려진 고양이를 낳았다

보름달을 핥으며 몸을 굴리던 하루들이
마른 비듬 같은 싸락눈이 되어 떨어진다

고양이는 남은 털을 곧추세운다
이제 계절을 탄 바람의 끝자락이 강신호로 내려올 것이다

그리하여 어느 기억 사이로 새는 바람의 음표들이 밤을
각색한다
생식기를 단 울음들이 와락 덤벼들어 어둠이 번식하는
도중에도
물고기를 낚아채듯 고양이는 전파의 입을 덥석 문다

십 년 전 뜬 싱싱한 주파수가 꼬리에 붙어 전희처럼 내
려온다

전파를 헤엄쳐 온 밤하늘의 음량이 점점 높아진다

지는 꽃잎처럼 오늘의 얼굴이 차츰 벗겨진다
내일은 고양이 자리 주파수가 새로 뜰 것이다

일식

창문의 빛 그림자 속으로
새 그림자가 앉는다

구름이 지나가고 그늘이 져도
희미한 사각이 사라지지 않는다

'액자를 떼어 낸 자리구나'

이것은 박제된 빛처럼 일시 정지한 채
어룽어룽 검은 때 뒤로 사라질 것이다

"새가 날아갔나 봐"
너는 그러한 빈자리를 보고 있었고

액자를 떼어 낸 자리와 빛 그림자가 다시 일치하자
나는 충만해지는 자리를 보고 있었다

우리는 각자 착지하지 못하는 새를 구해서
하늘을 쳐다보았다

물의 일기

　휘장을 데운 열기가 바닥까지 내려온다 어시장 사람들
은 바닥에 깔린 물에 삶을 내려놓는다 높이 나는 바닷새가
물 바닥에서 어른어른 날개를 휘젓다 사라진다 비리고 지
린 바람은 거리의 껍데기다 이따금 앉은 새 한 마리가 자
꾸 물의 내면을 부리로 콕콕 찌른다 수채화로 살아가는 사
람들은 생활이 잘 마르지 않아서 자주 번진다 오래 살아남
은 물의 표면에 여러 번 지워진 하루들이 때처럼 거무스름
하게 끼어 있다

접시 주인

"네가 빌려 간 접시는 언제 갖다줄 거야?"
나는 젠에게 접시를 빌려 간 적이 없었다

"기억이 나지 않아, 젠
난 집 안의 접시들을 다 보여 줄 수 있어"

우리는 찬장과 선반을 샅샅이 살펴보았고
나는 낯선 접시들을 여러 개 발견했다

"혹시 이 중에 있니?"
나는 젠에게 낯선 접시들을 보여 주었고
젠은 이 중에 없다고 말했다

"바로 이거야!"
그 순간 젠은 내가 매일 쓰는 접시를 들고 외쳤다
"젠, 그거야말로 내 접시야"
나는 당황스러웠지만 젠은 확신에 차 있었다

나는 접시를 빼앗으려 하고
젠은 접시를 지키려다가

\>

그만 접시가 바닥에 떨어져 깨지고 말았다

나와 젠은 웃음이 나왔다
마치 둘 다 접시 주인이 아니라는 듯이

표류인

버스는 높은 방지턱을 여러 번 넘고 있었다
나는 넘실거렸고 금방 넘칠 것 같았다

길은 굽이쳐 흘러가는 힘으로 곧게 뻗어 있었다
방지턱에서 평지로 이동하는 동안

나는 그곳으로 이어지는 물결 같았다
서서히 눈이 감겼다

순간 버스가 급정거했고
마침내 나는 그곳에 다다르고 있었다

제자리는 물결이 가장 센 곳이다
구름이 멈추자 하늘이 움직였다

버스가 다시 출발했고
나는 적잖이 엎질러져 있었다

끝내 비울 수 없는 극소량의 잔뇨감으로
나는 여전히 흘러넘칠 것 같았다

\>

그곳은 이미 지나쳤는데
나는 아직 그곳을 향하는
버스를 타고 있었다

추격전

누가 볼펜을 딸깍거리고 있다
Y는 딸깍거리는 소리에 이끌린다

귀를 막아도 소용이 없다
Y는 더이상 들리지 않는
딸깍거리는 소리를 끝까지 듣고 있다

가장 첨예한 소리는 고요하다
물고기가 헤엄을 치듯이

아무도 없는 방에서
Y는 소리의 달음질을 추격하기 위해
전력을 다해 가만히 앉아 있다

팽이가 초고속으로 회전하는 순간
한 점으로 흐르듯이

Y는 맴돌다가
비로소 Y를 찾아낼 것이다

패턴

벽지를 오랫동안 바라보고 있었다 그러던 중에 불현듯 해마가 서서히 모습을 드러내는 것이 아닌가

해마는 어느 곳에도 있지 않으면서 어느 순간에 빛의 무용처럼 솟아올라 부리 없는 부엉이나 입 벌린 사내로 전이됐다

해마를 수년 전 다른 벽지에서 목격한 적이 있다 벽지의 무늬는 벽지의 무늬로 끊임없이 흘러가면서 벽지의 무늬가 흘러가지 않는다는 믿음을 주었다

초점을 내려놓을수록 집 안의 창문과 탁자, 선반에 나란히 놓인 접시도 벽지의 무늬와 이어져 있었다 당신과 나도 벽지의 무늬로 이어져 있었다 이곳은 이곳으로 흐르면서 이곳에 있지 않았다

늙은 소파의 귀

반질반질한 쥐가 단단하고 작은 앞니로
소파를 자글자글 갉고 있다

입덧처럼 솜이 흘러나오는 소파 속으로
자궁을 세공하는 쥐의 노역을 현상하면 결국
침묵을 후비는 꼴인데

소파는 쥐구멍으로 청각을 얻으면
얻을수록 늙어 간다

귀 안을 깨끗이 비워 내다 쏟아지는 현기증을 따라
깊어지는 귀의 무늬는
몸의 뒤편에 적힌 환한 기록을 듣고 있는 중이다

온몸이 귓바퀴가 되어도
들리지 않는 솜들이 공중으로 뿌옇게 부유하고 있다

푸른 사과

숨을 오래 참았다 가슴 속으로 가느다란 균열이 생겼다
균열을 따라 몸이 조금씩 쪼개졌다 나는 숨을 들이쉬며 몸
이 다시 붙는 기분을 즐겼다 그날도 나는 숨 참기 놀이를 하
며 균열이 생기는 것을 경험하고 있었다 균열은 가속도를
즐기듯이 깊고 빠르게 자라나 푸른 사과의 꼭지와 이어졌다
푸른 사과는 무호흡의 시간 속에서 단단하고 새콤한 과육을
자랑하고 있었다 푸른 사과에게 균열은 영양분을 나르는 탯
줄 같았다 나는 푸른 사과를 한입 베어 물고 싶었지만 숨을
쉬어야만 입을 움직일 수 있다는 것을 깨달았다 결국 나는
푸른 사과를 먹기 위해 입을 벌리는 순간 푸른 사과를 잃어
버렸다 몸이 봉합되는 오 초가 흐르는 동안 하늘을 둥둥 떠
다니는 적막이 천국의 문을 활짝 열고 있었다 어쩌면 내가
푸른 사과를 한입 베어 물었는지도 모른다

딱

정적이 흐르는 거실에서
딱, 하는 소리가 울렸다

아주 미세한 틈새가 이동하는 소리였다
공기 방울이 터지듯이

다시 딱, 하는 소리가 울렸다
나는 숨소리를 최대한 죽였다

하루살이가 내 주변을 돌기 시작했다
나에게서 허공을 발견했다는 듯이

똑똑, 누구 있어요?

나는 사물처럼 방을 버티고 있었다

누가 문에 귀를 대고 있었다
나는 딱, 하는 소리로 들켜 버릴 것 같았다

몰타
―성 아가타 가문의 인터뷰 자료 中

세계적으로 가장 오랫동안 종을 만들어 온 성 아가타 가문은 깜깜한 밤에 종소리를 확인하는 것으로 유명하다 "우리 가문이 만든 종소리의 초상화는 깜깜한 밤을 넘어서는 깜깜함입니다."

성 아가타 가문을 대표하는 종 '몰타'의 소리는 일반인에게 들리지 않는다고 한다 "몰타는 우리 가문의 신앙입니다. 신을 믿는 자만이 신의 음성을 들을 수 있듯이 성 아가타 가문은 피 대신 몰타에 대한 믿음을 나눈 자들이지요." 종지기는 성직자 옷을 입은 채 성 아가타 가문을 설명했다 성 아가타 가문에는 농아가 많다 그들은 깜깜한 밤을 넘어서는 깜깜함을 벗어난 적이 없기 때문이다

"먼 산의 가벼움이나 마당 구석에 오래 눌러앉은 돌멩이에서 몰타가 서서히 들려옵니다. 몰타는 한 번 울리면 그 소리가 끊기지 않습니다. 우리가 몰타를 끊어 들을 뿐이지요. 이것은 성 아가타 가문의 호흡입니다."

움나뮈푸데

움나뮈푸데, 움나뮈푸데, 감미로운 목소리가 카페에 울려 퍼지고 사람들은 사념에 빠져 있거나 대화를 나누고 있는 것처럼 보이지만 모두 움나뮈푸데를 듣고 있다 이곳에서 커피는 움나뮈푸데스럽게 식어 가고 잎이 기다란 활엽수도 움나뮈푸데하게 휘어져 있다. 움나뮈푸데, 움나뮈푸데, 감미로운 목소리가 카페에 울려 퍼지고 남색 양장과 꺾어 신은 운동화도 움나뮈푸데적인 패션이 된다 창문 밖 구름이 천천히 움직이고 주인이 움나뮈푸데, 움나뮈푸데, 하품을 길게 뱉어 낸다

누레지는 백지처럼
한 남자가 차차 카페 속으로 물러난다
움나뮈푸데, 움나뮈푸데, 물러나지 않는 순간 추락할 것 같은
불안을 벽걸이 액자에서 본 적이 있다
기색이 어두워진다
어떤 우주가 밀려왔기 때문일까
움나뮈푸데 움나뮈푸데

"곡명이 무엇인가요?"

>

때마침 곡이 들리지 않는다

"무슨 곡이요?"

움나뮈푸데, 움나뮈푸데, 음악이 시작될 것 같은 침묵
속에서

나는 카페의 문을 연다

테두리

우듬지에 남아 있는 고엽이
한 곳을 부유하는 것은
엄청난 집중력이다

멈추어 서서
길을 방황하듯이

오랫동안 붙어 있는
스티커의 색이
흩어지면

스티커가
우주처럼 확대된다

나는 쪼그려 앉아 커피를 마시면서
흐릿해지는 생각의 생장점을 생각한다

생각이 사라질 때까지
생각이 막대해지면

>

눈을 떠도 눈을 감은 것 같다

아무것도 보이지 않을 때까지
바라보는 것으로

이곳이 이곳까지 번져 나간다

희비

어두운 방
닫힌 문틈으로

빛이 새어 나온다

단절될 때
틈은 자라난다

서로 아무 말도 건네지 않는
엘리베이터의 정적이 오래갈수록

틈은 터져 나오려 하고

문이 열리는 바람에
결국 태어나지 못한 틈도 있다

틈이 태어나기 위해서는
뜸이 필요하다

극도의 개화감을

꽃이 오래 버티듯이

어두운 방의
문이 닫혀 있는 중이다

팽위의 사람들

팽위에는 풍경을 우려내는 전통이 있다

팽위의 사람들은
최대한 팽위로부터 물러나야 한다

삼십 년째 안방에 있어서
안방에 있는지 모르는 액자처럼

팽위에서 가라앉는다는 건
연이 바람에 떠밀리듯이
어딘가에 떠 있다는 의미다

팽위의 사람들은
제자리걸음을 훈련받는다

제자리걸음을 할 때는
어디론가 둥글게 걷고 있어야 한다

팽위의 사람들은 걸으면서
가라앉는 자연으로

회전을 다룬다

팽위가 달여지는 동안

팽위의 사람들은
최대한 팽위로부터 물러나
팽위에 머물러 있다

관광객

두브란카에는 잎이 없는 가로수가 많아요 일 년 내내 사십 도를 웃도는 날씨 속에서 외관상 나목과 유사한 나무들이 군집을 이루고 있는 경관을 보기 위해 두브란카에는 관광객이 많습니다

이 나무를 보고 있으면 계절을 잊는다고 해요 그 순간은 지평선이라 불리지요 지평선에서 어떤 이는 새벽을 기다리고 어떤 이는 눈을 감아요 지평선은 제각기 다르게 나타나서 이 나무는 이름이 없습니다

이 나무를 보고 있으면 잎이 없어서 잎이 가장 먼저 떠올라요 그 순간은 지평선이라 불리지요 지평선에서는 누구나 소원도 없이 두 손을 모으고 눈을 감았다 뜨기도 해요, 관광객처럼

두브란카는 '잎을 흩날리게 하는 바람'이라는 속뜻을 가지고 있어요 관광객은 두브란카를 느끼기 위해 잎이 되어보고 싶고 토착민은 두브란카가 멈추는 날 잎이 피어난다고 믿지요 두브란카에서 토착민은 두브란카를 떠나 관광객이 되어 돌아오는 순례를 치릅니다 그 순간은 지평선이라 불

리지요 이 나무를 끝내 긍정하지 못하고 부정하지 못하면서
두브란카에서는 기념사진을 찍을 수 있을 뿐이지요

모티바

모티바는 싸락눈 같은 꽃을 피우는데
실제로 그 꽃은 눈이 녹듯이 피어난다고 한다
모티바의 꽃을 본 사람은 드물다
그것을 본 사람조차 "헛것을 본 건 아닌지 모르겠어요"
라고 고백한다
이 환영 같은 꽃에 대해 식물 보감에는 적혀 있지 않다
모티바의 꽃은 작은 종교 단체의 경전에 등장한다

"신은 나타난다. 모티바의 꽃처럼"

모티바의 꽃을 보지 못하는 이유는
당신이 자꾸 싸락눈을 보려 하기 때문이다

모티바의 꽃이
개화하는 시기에는

인기척이 들리는 방에
아무도 없거나

언젠가 본 것 같은 사람이

낯설게 등장한다

자석의 같은 극끼리
마주칠수록 서로 멀어지듯이

모티바의 꽃은
빈자리로 피어난다

서로 엇갈리기 위해
마주치는 속력으로

개화 시기가 지나갈 것이다

비린내

비가 내린다

비린내가
부드럽고 따뜻하게 출렁인다

비가 이곳의 내부를 들추어낸 것이다

비린내는
안과 밖을 연결해 주는
뫼비우스 띠처럼

비틀어져 있다

오래 덮여 있는 양은 냄비의
뚜껑을 열면
내부의 냄새가 코를 찌르듯이

비틀어지기 위해서는
높이 솟아올라야 한다

>
버틴 곳은 점차
비틀어지고

선회한다
나이테가 늘어나듯이

비의 내부 최고치에서
비는 비린내로 흘러나온다

방언

설교가 시작되었고
어느새 설교가 끝나 갔다

축도하겠습니다
……모든 병자를 치유해 주시고……

기적처럼 나는

손톱을 만지작거리다가
마음이 멀어 가고 있었다

하얗게 뭉개진 마음으로
기도할 때는

더욱 열심히 고개를 숙인 채
할 말이 많아진다

아블라샬라브르르르르
아블라샬라브르르르르

>
혀가 입속에서 부르르 떨었다
창문 틈에 낀 날벌레처럼

살게 해 주시옵소서

나는 살고 있었지만
살게 해 달라고 간절히

눈을 떴다

아멘 아멘 합창 소리가
새하얀 마음에 내려앉아 녹지 않았다

회복력

재활용 분리수거장에서
스티로폼이 스티로폼과 찍, 찍, 부대끼는 소리가 들렸다

머리가 알알이 해체되어 물러났다가
서서히 머리로 되돌아왔다

잡아당기다가 놓아 버린 고무줄이
제자리를 넘어 날아가듯이
머리는 멀리 밀려난 곳에서 회복되었다

스티로폼이 스티로폼과 찍, 찍, 부대끼는 소리가 들렸다

목이 저 멀리 회복된 머리를 받들기 위해
비틀어졌다

중심축이 기울어졌을 뿐

나는 재활용 분리수거장의 벽을 살살 기어 나오며
찍, 찍, 울었다

허우풍 마을 사람들

　허우풍 마을 사람들은 초저녁이 되면 모닥불을 켜고 목을 흔든다 목을 흔들면 파동이 팔로 번지면서 팔이 천천히 올라간다 팔을 흔들면 파동이 다리로 번지면서 허우풍 마을 사람들은 천천히 일어선다 몸 전체를 흔들면서 허우풍 마을 사람들은 옆 사람의 파동에 이끌리고 옆 사람에게 파동을 전달하면서 모닥불 주위를 뱅글뱅글 흘러갈 수밖에 없다 모닥불 주위를 뱅글뱅글 흘러가면서 몸이 사방으로 찢겨 나가듯이 거세지는 허우풍 마을 사람들은 누가 싸질러 놓은 똥처럼 뭉개지도록 돈다 모닥불이 서서히 사위어 가고 허우풍 마을 사람들이 밤에 묻힌다 허우풍 마을 사람들은 하나둘 깨어난다 어떤 이는 옷을 벗고 있고 어떤 이는 바지에 오줌이 지려져 있다 "태풍이 무사히 지나갔군" 허우풍 마을 사람들은 태풍을 무사히 보낼 수 있었던 건 춤 때문이라고 믿는다 나무가 쓰러져 있는 가운데 허우풍 마을 사람들은 살아 있다 전부 날려 버린 힘으로 남아 있는 허우풍 마을 사람들은 초저녁이 되면 모닥불을 켜고 목을 흔든다

달리는 동상

또다시 나는 주춤거렸다
문은 열리지 않았다

열리지 않는 문 앞에서
나는 다시 한번
돌연 주춤거렸다

열감이 거푸집처럼 빠져나와
문을 통과하면서 점차 사라지는 것을 느꼈다

물이 증발하듯이
나는 소모되었고

남아 있는 나는 여전히 주춤거렸다

오늘을 주춤거리는 동안
오늘이 서서히 지나가고

닳아 가는 일은 지구력에 가까웠다
닳아 가는 동안 대부분의 꽃은 죽었고

집은 무너졌다

나는 나를 전부 소모하고
어디론가 사라지면서

여전히 그곳에 서 있었다

목요 예배

목요일에는 기지개를 켭니다 기지개는 끝까지 올린 손끝에서 어룽어룽 일렁이는 나를 발견하는 일입니다 기지개를 켠 후 두 팔을 내려도 어룽어룽 일렁이는 내가 있습니다

오랫동안 전화벨이 울려도 끝까지 받지 않을 수 있는 목요일의 최고치에 우리는 우리를 넘어 일 센티미터 키운 채

"그렇다면 구원받을 수 있습니다" 성도들이 감사를 외치며 기도하는 예배에서 기지개를 켤수록 어룽어룽 살아지는 것과 어룽어룽 사라지는 것이 동시에 멈추어 섰습니다 정지로부터 너머가 보이는 목요일에는 기지개를 켭니다

사각의 방

오래된 형광등의 누런 빛은 색이 아니라 무늬다 새하얀
형광등에서도 그런 무늬를 볼 수 있어야 방의 방향을 알 수
있다 무늬는 방 안에 있는 사람을 휩쓸리게 한다 방에 오래
누워 있으면 누구든 어디로든지 떠밀려 간다

무늬는 무늬를 따라 흘러가기도 하지만 무늬와 무늬가 부
딪쳐 출렁거리기도 한다 방은 나이테, 잎맥, 휘어짐 같은
식물적 운동을 하며 확장되고 일그러진다 방은 축 늘어지면
서 더는 떠밀려 갈 수 없을 때

비로소 사각처럼 살아남는다 사각이 새롭게 보이는 건
영원히 다가갈 수 없는 미스터리이기 때문이다 방은 밀물
처럼 밀리면서 다시 사각을 향해 나아간다 방 안에 오래 있
으면 방 밖으로 밀려 나가 내가 사각의 꼭짓점처럼 느껴질
때가 있다

탄잘리교

　탄잘리교 성도라면 슬리퍼가 끌리는 소리를 들을 때마다 살의 어느 부위가 아프다는 믿음을 갖고 있다 탄잘리교 성도는 생채기를 실제로 본 적이 없다 어느 부위가 아픈지 모르는 탄잘리교 성도는 다 같이 모여 기도를 한다

　기도는 슬리퍼를 신고 한 걸음씩 걸으며 생채기를 찾아가는 여정이다 슬리퍼를 끄는 소리는 엄중한 행진처럼 절도 있는 화음을 이룬다 걸음이 진행될수록 생채기는 아픔을 넘어 점점 숭고해진다 탄잘리교 성도의 기도를 목격한 관광객들 중에 슬리퍼가 끌리는 거대한 소리에 공포를 느끼다 신앙이 전도된 사람도 있다

　신앙이 깊어진 탄잘리교 성도는 슬리퍼를 없애도 슬리퍼가 끌리는 소리를 듣는다 귀를 막아도 슬리퍼가 끌리는 소리를 듣는다 그것은 슬리퍼에서 나는 것도, 소리도 아닌 것이 된다 그들은 계속 떠오르는 그것을 따라가고 있지만 이곳은 조용하다 그들은 각자의 골목으로 흘러가다가

　그것이 떠오르지 않자 한 번도 가지 않은 골목처럼 그들은 각자의 골목이 낯설다 그들은 그것이 떠오르지 않는 힘

으로 매일 걷는 골목에서 벗어나 매일 걷는 골목을 걷는다

망각을 이기는 걸음으로 그들은 도착할 것이다

105번 버스

손톱의 때를 들여다보거나 보풀을 떼며 A는 정류장의 각주가 된다 버스는 여전히 나타나지 않는다 A는 한곳에 멈추어 선 채 미세하게 흔들리고 있다 A는 꺼질 듯 다시 살아나는 촛불의 춤사위를 반복한다 떠밀려 가지 않고 흔들린다는 건 애증을 겪고 있기 때문이다 A는 한곳에 서서 왼쪽으로 기울어지다가 오른쪽으로 기울어지는 것을 반복하면서 점점 뭉개진다 뭉개진 A는 A를 알아볼 수 없을 때까지 뭉개져 있지만 변함없이 버스를 기다리고 있다 잉- 하는 기계음이 들린다 신호가 끊긴 백색소음처럼 A가 사라진 곳에서 A는 소리로 연장된다 105번 버스가 진입 중입니다 같은 안내가 잠시 A를 덮고 105번 버스는 정류장에 도착해도 A에게 갈 수 없다

투라

　"투라는 바닥에 그렁그렁 맺혀 있는 것 같아요. 투라는 한 번도 바닥을 벗어난 적이 없지만 날고 있습니다." 닥터 김은 투라가 바닥의 지경을 넓히고 있으며 이것으로 인해 우주가 확장되고 있다고 믿는다 "오랫동안 바닥을 매만져 보세요. 당신의 손이 그렁그렁 맺힌다면 당신의 손은 투라의 우주에서 투라가 된 겁니다. 투라는 이러한 방식으로 번식하죠." "제 아내는 십오 년째 병상에 누워 있습니다. 그녀는 눈을 감고 있으면 어느 순간 몸이 공중으로 들린다고 합니다. 그런 아내를 안고 있다 보면 저도 뱅글뱅글 돌면서 허공 한가운데 있어요. 비가 그친 오후 창문으로 습한 바람이 들어오자 우리 부부는 누워서 동시에 눈을 떴습니다. 사는 일이 무용 같을 때가 있지요." 투라는 튀어 올랐다가 다시 내려앉는 모양새를 일컫는 의태어다. "투라! 투라! 외치면 제 속에서 투라가 튀어 나가는 걸 느껴요. 튀어 나간 투라는 눈 녹듯이 내려앉죠. 투라가 튀어 나가 사라진 곳은 허공 같아도 분명 바닥입니다."

우라마토

우라마토 주변에는 바다나 강이 흐르지 않아도
부둣가가 많다

한없이 한없이 밀려 나가다가
당신을 우뚝 멈춰 서게 하는 곳이 부둣가다

당신은 자신의 빛깔을 맞이하며
서서히 그곳에 놓여 있다 새로 그려진 그림처럼

신은 문득 똑같은 장면을 반복해서 그리곤 한다
우뚝 멈춰 서서 우라마토 사람들은 신의 모델이 된다

아르나

곤히 잠자다가 꿈도 없이 깨어나기도 하고
아무도 없는 거실에서 환청을 듣기도 하면서
아르나는 번뜩 살아 있다

바람이 멈추어도 바람 냄새가 나고
당신이 보이지 않아도
온종일 창문을 바라보는 습관이 생겼다는 건
아르나가 퍼지고 있다는 것이다

한 페이지를 한 시간 동안 헤매는 독서는
아르나와 부대끼는 촉감이고

욕조에 몸을 전부 담그면
아르나가 낮달처럼 아른아른 떠 있다

내가 먼저 그 방을 떠나면서
무엇을 두고 온지 모르고
무엇을 두고 왔을 때

아르나, 아르나, 커지기도 하고
아르나, 아르나, 잠잠해지기도 한다

방에 관한 사례

"지난 하루들이 떠오르지 않아도
머리카락들은 구석에 쌓여요

냉장고 문을 왜 열었는지 기억나지 않을 때
설거지하다가 어느 순간 설거지가 끝나 있을 때

저는 생활의 맥락을 자주 놓치고

혼곤한 잠에서 깨어나
처음 방을 보러 온 사람처럼
두리번거려도
머리카락들은 구석에 쌓이더군요"

"방에 있는 형광등이 네모인지 동그라미인지
알고 있나요?"

"다만 제가 방에 사는 것이 믿기지 않을 때도
머리카락들은 구석에 쌓일 뿐이에요

창문을 열자 바람이 불어왔어요

구석에 쌓인 머리카락들이 흩어질 때까지

창문을 닫았죠
생각에 잠기다가
다시 돌아오는 초점처럼

구석이 달라질 뿐
머리카락들이 구석에 쌓여서

바람이 낮은 구석을 따라
손으로 머리카락을 쓸어 내며

겨우 저는 이곳의 맥락을 느꼈습니다"

"아직 살고 있나요?"
"아직 살아 있어요"

한차례 바람이 불고
우리는 새로운 시작점을 더듬거렸다

울렁증

저녁을 기다리는 마음은
연희라는 발음과 어울렸다

그 순간 너를 부르려고 하는데
이름이 기억나지 않는 거 있지

밤새 라디오를 들으며 빗소리를
커피 안주처럼 즐겼던 우리는
숨 막힐 때까지 웃고

텔레비전의 백색소음이나
뿌리가 죽은 선인장의 냄새
매일 펴져 있는 이불의 온도에서
출구의 빛을 막막하게 받아 내다가

잠에서 깨면 처음 만난 사이처럼
문득 까마득해졌다

최대한 오래 걸을 수 있는 길을 따라가다 보면
동산을 오르는 기분이 들었고

>
불현듯 낮아져 있는 베개 같은 길이
우리 사이에 자주 비쳤다

모기향

모기향은 세상에서 가장 좁고 가냘픈 길목이나
혼자 민들레 꽃씨를 불며 느꼈던 바람의 맥락 같아서

나는 생각이 사라지는 시간과 자주 만나고
간지럽지 않은 살을 득득 긁으며 방향을 잃기도 합니다

멀리 동네 개가 저녁이 길어진 여름처럼 짖어댑니다
모기향이 퍼지듯이

모기향이 가득한 방은
모세혈관 같은 기억이 얽힌 방 같습니다

나는 그 방에 펴져 있는 이불의 주름
냉장고가 돌아가는 소리와
살짝 비틀어진 의자의 각도를 따라
거주자가 나인 것을 믿어 보기도 하고 의심해 보기도 하면서

모기향은 내가 믿는 세계관입니다
모기향이 구석구석 퍼져 나갈수록
나는 더 이상 모기향을 맡을 수 없습니다

\>

아무 냄새도 나지 않는 모기향 앞에서
모기가 죽어 갑니다

라파토라스

지나가는 구름을 보고 있으면
차차 음이 떠오른다

라파토라스라 불리는 이 선율은
몸속에 식물처럼 서식한다

뜬눈으로 오래 누워 있거나
무엇을 먹을지 몰라도 습관적으로 물을 데우면서
라파토라스는 자라난다

라파토라스는 틈이라 불리기도 한다

왼 손바닥에 손톱으로 창문을 그리거나
시계 초침 소리가 크게 들리는
문득을 지나는 동안

숨바꼭질하듯이 숨어 있는 것들은
여전히 살아 있어서

이곳에서 그곳까지 라파토라스는

푸르고 엷게 자라난다

안 쓰는 종이의 모서리가 돌돌 말리는
선율, 라파토라스

라파토라스 라파토라스
읊조리면 오래된 선풍기가 돌아가는 것 같고

매일 보는 당신을 매일 보면서
라파토라스는 은연중 햇살에 반사된
유리창의 빛을 묘사한 의태어처럼

라파토라스

아나투스

울음이 격해지면
날갯짓을 하고 있는 기분이 든다

난이 노랗게 익어 가는 낮에
밀린 설거지를 하면서

나는 두 다리가 하나로 합쳐진 채
아나투스, 아나투스 지저귀며
후드덕, 호흡이 곤란하듯 날아올라

밀린 설거지를 하고 있다

가볍고 신선한 대기가 느껴진다
한층 맑은 현실 속으로

나는 자꾸만 날아오르다가

추락한 새처럼
설거지를 멈췄을 때

>

날개가 없었다
날개가 사라진 것처럼

다만 균형을 잡고 서 있는 곳이
우듬지같이 흔들리곤 하였다

안마

안마사가 젖은 수건으로 팔을 닦는다
의지 없이 팔이 올라가고 내려가는 동안
나는 염을 당하는 기분이 들고

나를 꼬집어 본다
아픔은
아프다는 믿음을 준다

그래서
내가 죽었다는 것일까, 살았다는 것일까
나는 염을 당하는 기분이 들고

살아 있는 사실도
죽었다는 사실도
낯설다

나는 단지
염을 당하는 기분이 들고

얼른 저녁을 먹어야겠다고

생각하면서
의지 없이 팔이 올라가고 내려간다

"다 끝나셨습니다"

나는 기분 좋게 일어난다
저녁을 먹으면서
식당에 온 기억이 나지 않는다

손님들이 나를 보며 환하게 웃고 있다

기다란 상자

기다란 상자를 발견했다
그 안을 들여다볼수록
텅 빈 공허가 까마득했고

우주의 문이 열리는 것 같았다

"매끄러운 돌멩이와 잘 보이지 않는 거울
반짝이는 마법 봉을 기다란 상자에 넣어 둘까"

너의 제안은 희망을 주었다

그 안을 오랫동안 들여다보면
무엇인가 보일 것 같았다

나는 다만 나의 우주가 커지는 것에 관심이 많았다기보다
내 인생이 시시해지는 것이 싫었다

두 눈을 꾹 감은 채

무언의 관계

음 소거된 음악이 흘러가듯이
나는 보이지 않는 벽을 응시하면서

최대한 팽창해지다가
마침내 벽까지 놓쳐 버린다

아득하게 네가 현관문을 열고 들어오는 소리가 들린다
너는 두리번거리듯이
작게 작게 흔들리다가
기척 없이 증발한다

불현듯 초점이 돌아오고
나는 집 안을 둘러본다

너는 들리지 않고
현관에 너의 낡은 신발이 놓여 있다

너머에서

빛을 보면
눈이 감깁니다

종이 울리고
눈을 뜹니다

하얀 대리석 예수상이
두 팔을 벌리고 있습니다

나는 안겼다는 기분으로
혼자 서 있습니다

이곳은 가도 가도 평야군요

산이 나타나지 않는다는 건
답답한 일이라 생각하면서

나는 걸어갑니다
눈이 감길 때까지

>
눈을 감지 않고
계속 걸어갑니다

어제 노트에
산이 없다
라고 적었고

오늘 노트를 꺼내 보니
신이 없다
라고 적혀 있습니다

내내 눈을 뜨고 있었는데
나는 이제 눈을 떠야겠다는 생각이 듭니다

호흡의 흡

이곳이 먼 산처럼 느껴질 때
팔꿈치를 만지작거려요
흡, 흡
비가 내리다가 말 듯이
흡
내립니다
나는 사탕을 입에 오래 물고 있습니다
바짝 색이 말라 갈 때까지
흡
난이 버티고 있어요
반찬을 펴 놓고
가만히 앉아 있는 것만으로
흡
나는 점차 무한해집니다
파르르 떠는 촛불이나 지지직 끓는 라디오처럼
팔꿈치를 만지작거리는 동안
이곳은 색이 하얘질 때까지 붙어 있는 구인 스티커 같아요
아무 쓸모도 없이
흡
나는 걷고 있습니다

이제 흡이 나오지 않아서
조심 조심 숨을 쉬고 있
흡
'니다'를 끝까지 말하는 힘으로
팔꿈치를 만지작거려요
날파리가 종횡무진으로 허공을
날아다니다가
흡
어느 순간 사라질 때까지
팔꿈치를 만지작거려요
팔꿈치가 사라진 기분이 드는 순간
드디어 도달한 기분이 드
흡
'니다' 말하기 무색한 마음으로
나는 이곳에서 아직 이곳을 말하지 못했
흡

더블

나는 오래 서 있었고
아무도 나를 바라보지 않는다

나는 반사된 빛 같은
나를 상상한다

벤치에 앉아 있는 사내가
눈을 감은 채 나를 응시하고 있다

나는 오른쪽으로 걸어가고
사내는 오른쪽으로 걸어가는 나를 바라본다
달이 달려가는 나를 따라오듯이

식당에 들어가 혼자 밥을 먹는다
누구도 나를 쳐다볼 수 없다고
느낄 때 나는 가장 눈부시다

사내는 여전히 그곳에서
눈을 감고 나를 바라보고 있다

>
사내가 눈을 뜰 때까지
나는 그의 깜깜한 세계에서 벗어날 수 없다

타인의 방

잎이 돌돌 말려 있었다
노트에 떨어진 물방울 자리가 울어 있었다

손가락으로 책상 위의 물건들을
더듬더듬 만져 보았다

너는 문득 나를 쳐다보는 것 같다가

오래된 새장 앞에서
"쮜쮜쮜" 말을 걸었다

새가 움직이는 소리가 나지 않았다

"너도 해 볼래?"
너는 내가 입을 열 때까지 나를 쳐다보는 것 같았다

"쮜쮜쮜"

새는 침묵할 뿐
분명 이곳에 있다고 한다

>
나는 새를 만져 보고 싶지만
두려웠다

어느 순간 인기척이 없다

"놀리지 마"
나는 새장 문을 열고
손을 뻗었다

그곳에는 잎이 돌돌 말려 있었다
노트에 떨어진 물방울 자리가 울어 있었다

어디선가 새소리가 들려왔다

상월의 정류停流

상월에는 정류소가 없어서
버스를 기다리는 사람들은
길목에서 자주 흔들린다

하루살이가 공전하는 힘으로
허공에 머물러 있듯이
나는 서 있는 자리에서 벗어나
서 있던 자리를 맴돈다

기다림은 일종의 균형감각이다
몇몇은 집으로 돌아가고
여전히 불빛 없는 길목에서
막차를 믿는 사람들이 골골하게 흔들림을 지켜 내는 동안

멀리서 불빛이 다가온다
일순간 우리는 희미하게 눈을 부릅뜨고
먼 곳에 가까워지는 부력을 참아 내고 있었다

겨울의 귀

본래 나는 살덩이였고
살을 펴고 말며 귀를 익혔다

고독에 익숙해지자
호흡과 소리가 헷갈렸다

이것은 유감스러운 자유다
허공을 들을 수 있지만
허공이 들리지 않는다는 것은

눈 위에 눈이 쌓이듯이
태어난 귓속의 겨울을 위해
나는 불온만큼 몸을 둥글게 마는 귀

까마득한 별처럼 타오르는
소리의 밤

소음들

조용한 카페에서 한 여자가
자신의 이별 이야기를 큰 소리로 떠들었다

바로 옆 테이블에 앉은 나는
그녀의 아주 사적인 이야기까지 선명하게 들을 수밖에
없었다

나는 아무것도 안 들은 척하기 위해
의미 없는 글씨를 쓰고 다시 지우면서
내 일에 몰두하는 모습을 일관했다

그 순간 한 여자가 다가왔다
"여보세요, 왜 들은 척도 않으시죠?"
"그게 무슨 말씀이신지"
"아까부터 계속 큰 소리로 말했잖아요"

"하던 일이 바빴어요"
"그럼 다시 말씀드릴까요?"
"아닙니다 왜 저에게 그 말씀을 하시려는 건가요?"
나는 당황스러웠고 어떻게 반응해야 할지 난감했다

\>

그녀는 나의 의자 뒤편으로 힘겹게 들어가
안쪽 의자 밑에 굴러간 동전을 들고 사라졌다
나는 얼굴이 달아올랐다

큰 소리로 떠들던 여자들이
없었다는 듯이 카페는 와자지껄했다

나는 의미 없는 글씨를 쓰고 지우면서
내 일에 몰두하는 모습을 일관했다

카페에 있는 사람들이 동시에 깔깔 웃다가
서서히 조용해졌다

숨 놀이

배추의 숨을 죽이면서
한 번의 호흡으로 사는 생을 생각한다

긴 터널을 지날 때까지 들이쉰 숨을 멈추자
식물적인 근육이 얼음 결정처럼 피어났다
"조금만 참으면 소원이 이루어질 거야"
숨은 빛에 집중하는 식물의 마음을 주었다

"그래서 이루어졌어?"
어른들은 의미 있게 터널을 지나갔던 무용담을 나누며
어떤 잎맥을 피워 냈는지 그리하여 빛에 도달했을 때
잎이 어떻게 되었는지 일체 침묵을 유지했다

가도 가도 끝이 없어서
가고 있는 것이 믿기지 않았다

팽창한 숨이
부드럽게 빠져나가면서
나는 빛을 보기 전에 지고 있었고
결국 바짝 말라 버린 채 빛으로 나아갔다

>
"성공!"
잎이 부서지는지도 모르고
다시 숨을 쉬면서
나는 어른들과 같이 성공을 외쳤다
성공을 외칠수록 우리는 어두워졌지만
전투적으로 빛을 주장하며 달렸다

가도 가도 끝이 없어서
가고 있는 것이 불안했다

숨죽인 채
배추의 숨이 죽어 가듯이

리셋

진은 길모퉁이 노란 벽 뒤에 숨었다가
자주 나를 놀래켰다

노란 벽을 지나가는데
이번에도 진이 불현듯 나타났다

"이제 놀랍지도 않아, 진"
"무슨 일 있어?"
"단지 네가 노란 벽 뒤에서 나타나는 게 놀랍지 않을 뿐
이야"

"노란 벽?" 진은 되물었고
진이 나타난 벽이 하얀 벽인 것을 깨달았을 때
나는 놀라지 않을 수 없었다

"난 한 번도 노란 벽 뒤에서 나타난 적이 없어"
진은 의아하게 나를 쳐다보았다

나는 하얀 벽 앞에서
기억 속 노란 벽을 어루만졌다

>
나는 다시 걸었다
노란 벽을 지나가는데
갑자기 진이 나타났다

나는 놀라지 않을 수 없었고
진은 깔깔 웃었다

가짜 음식

네 살배기 꼬마가 열심히 요리를 하고 있다

접시를 호, 호, 불더니 나에게 한 숟가락
장난감 음식을 떠먹여 준다

나는 허공을 한 모금 먹고
우물거린다

"너무 맛있지요?"
해맑은 얼굴로 네 살배기 꼬마가 물어본다

과장된 얼굴로 맛있다고 응수하니
네 살배기 꼬마는 나에게 새로운 장난감 음식을 대접한다

나는 계속 네 살배기 아이에게
저녁밥을 얻어먹으며

어느 순간부터 아무것도 먹지 못할 만큼
배가 불러 온다

>

"왜 안 드세요?"

"이제 너무 배가 불러"

네 살배기 꼬마는 웃으며 대답한다

"거짓말"

"정말이야"

"거짓말 같아"

아이가 안긴다

갑자기 배가 꺼지기 시작한다

내가 먹은 것이 정말 있었던 것처럼

숨바꼭질

현관문을 여는 소리가 들렸다
나는 몰래 베란다에 들어가 숨었다

너는 나를 찾아 헤맸다
나는 숨죽이고 있다가

"여기 있다!" 하는 너의 외침과 함께
잠에서 깨어났다

침대에 누워 있는데
다시 현관문을 여는 소리가 들렸다

나는 이번에야말로 숨어야 할 것 같았고
뻔하지만 이불을 덮어쓴 채 숨죽이고 있었다

너는 나를 찾지 않았고
나는 일어나지 못했다

한참 이불 속에 누워 있다가
나는 이불을 박차고 거실로 나갔다

\>

아무도 없었다
"숨은 거야?"

문 뒤, 베란다, 장롱 안을
전부 찾아봐도 너는 보이지 않았다

어디선가 네 향수 냄새가 났다
"빨리 나와!"

그 순간 현관문 여는 소리가 들렸다
나는 숨어야 할지 너를 찾아야 할지 알 수 없었다

외출

우리는 집에서 나와 모두 차를 탔다
"엄마, 우리 어디 가?"

비가 내리고
엄마와 아빠는 대화를 주고받는다

눈을 뜨니 집에 도착해 있다
"이제 내리자"

어디를 갔다 온 기분으로
집에서 일요일을 보내면서

평소에 없던 쇼핑백이 식탁에 놓여 있다
그것은 이곳이 우리 집이 아닌 것같이
이곳을 낯설게 했다

문이 열리는 소리가 들렸다
"누구세요?"
엄마가 나를 묻는다

>

"엄마 딸"

우리는 동시에 웃었고

나는 평소에 없던 쇼핑백에서

떡과 과일을 꺼내면서

이것이 왜 여기에 있는지

엄마는 어디서 왔는지 묻지 않았다

다만 식탁 뒤로 내 방이 있고

내내 텔레비전을 켜고 소파에 잠든 아빠의 모습을

어디선가 본 적이 있었던 것처럼

나는 평범한 일요일을 살기로 결심한다

횡단

뒤늦게 출발한 나는 최선을 다해 건넜지만
결국 횡단보도 중간에서 빨간불이 켜지고야 말았다

나는 얼른 횡단보도 중간에 만들어진 인공 섬으로 피신했다
쌩쌩 달리는 차들 사이에서 그곳은 평화롭고 한가했다

오랫동안 초록불이 켜지지 않았다

"신호등이 고장 났나 봐요"
나와 같이 인공 섬에 갇힌 남자가 나에게 말을 걸었다

"아까부터 차가 한 대도 지나가지 않네요"
"이게 신호일지도 모르겠군요"

"지금 달려가 볼까요"
남자는 나에게 권유했고
나는 그것을 받아들이듯이 좌우를 살폈다

우리는 빨간불 속에서
동시에 속도를 내었다

>

그 순간 초록불이 켜졌다
우리는 동시에 멈추어 섰다

방문

엘리베이터 문이 열렸을 때
현관문 호수가 지워져 있었다

나는 이곳이 십칠 층이 아닌 것 같았지만
결국 벨을 눌렀다

"누구세요?"
"나야"

문이 열렸다
방 안에서 "정말 오랜만이야" 인사를 건네는
목소리가 들렸고 너는 옷을 갈아입는 중 같았다

나는 불안해지기 시작했다
"뭘 놓고 온 것 같아서 잠시만 나갔다 올게"

나는 도망치듯 집 밖에 나와
아래층으로 내려갔다

아래층 현관문에 1601호라고 적혀 있었고

나는 그제야 안심이 되었다

다시 위로 올라왔을 때
현관문에 1801호라고 적혀 있었다

'두 층을 올라왔나'
나는 천천히 검증하듯이 아래층으로 내려왔다
호수란에 1701호라고 적혀 있었다

초인종을 누르기 직전
나는 집 호수가 지워져 있던 십칠 층이 생각났다

너에게 가기 위해
나는 어디로도 갈 수 없었다

해후

붉은 열매가 겨울에 겨우 열렸다가
떨어진 봄에 나는 도착했다고 했다

"가지가 끊임없이 여러 갈래 자라납니다"
이러한 증후는 병명이 없었지만 위태로워 보였다

"성장이 멈추지 않는다는 건가요?"
"천 년 후를 생각해 보세요 이 나무는 이곳을 전부 삼켜
버릴지도 몰라요"

나무의 미래는 거대했다
"저는 나무의 체질을 치료한 적이 없습니다"
"저는 이것이 나무라고 한 적이 없습니다"
그제야 나는 그를 진지하게 대했다

"그날부터 아내는 갑자기 발견되었습니다"
"아내의 특징은 무엇인가요?"

그는 웃으며 나에게 속삭였다
"붉은 열매가 열려 있나요?"

그는 나를 시험했고

우리는 비밀을 공유하는 사이가 되었다

새가 우듬지에 앉아 나무를 흔들었다
우리는 붉은 열매처럼 침묵을 파르르 유지하며
나무의 균형점을 찾았다

쥐들의 왕국

밤마다 달그락거리는 소리가 들렸다
쥐 한 마리가 잘못 흘러들어 온 것이다

"아파트 화장실에 어떻게 쥐가 들어왔대요"
경비원이 작은 짐승의 머리를 세게 내리친다
반지르르한 꼬리가 줄을 끊고 탈출한 흔적 같다

나의 머리에는 그러한 꼬리들이 검고 무성하게 자라나 있다
누가 머리에 자란 야생을 가지런히 빗겨 주는 날에는
깊은 잠을 따라 쥐들이 무너지기도 하였다

불현듯 빠지는 꼬리도 있었다
꼬리를 자르고 안에서 안으로 달려 나가는 짐승은
내 몸의 조그마한 씨앗이 되었다가 사라져 갔다

그 자리에 별 하나 떴다
멀리서 영롱하게 빛나는 짐승이
하나둘 늘어났다
우주는 그렇게 만들어졌다
안이 안을 향해 탈출하듯이

밤하늘은 내 우주와 이어지는 뫼비우스 띠다

짐승은 자신의 꼬리가 보고 싶어 태어난다
두통이 심하게 밀려온다면
짐승이 엉덩이를 밖으로 내밀며 탄생하기 때문이다

대롱대롱 흔들리는 자신의 근원을 마주할 때

이것은 다른 방향의 탈출이다
배를 채우기 위해 밤마다 달그락거리는
이것은 경계의 퍼포먼스다

퇴화된 꼬리에 힘을 모아 본다
몸은 나와 나 사이에서
기억을 잃었다

쥐들이 잠든 사이 그들의 별자리를 익혀 보는 일이
유일한 생존이었다

늦잠

이불 안에는 어둡고 따뜻한 허공이 맴돈다
무엇이든 맴돌다 보면 허공이 되는지 모른다

숨소리가 이불 안에서 돌고 도는 동안
나는 어딘가 오래 고여 있는 느낌으로
허공을 알아차린다

"기상"
알람이 울리고

이불 안에서 태동처럼 울렁이던 나는
무르익지 않은 몸으로 기어나온다

다리에 힘을 주고 일어나면
구체적인 이곳에 착륙한 기분이 들고

"언제 왔어?"
너는 웃으며 묻는다

"방금"
이라고 말하자 너는 없다

>
"기상"
알람이 울리고

나는 다시 집중하면서
이것이 게임이라는 생각이 든다
계속 진다면 기상은 무한히 반복될 것이다

"악몽을 꿨구나"
네가 나의 이마를 쓰다듬는다
악은 무엇일까
나는 연구자처럼 기상을 하지 말아야겠다는 규칙을 만들고

"기상"
알람이 울리자
무르익지 않은 몸이 곤두서면서
나는 기상을 하고 마는 것이다

어둡고 따뜻하게
나는 악당처럼 맴맴 돌았다

점집

그는 능선을 느리게 따라가듯 생년월일을 읊었다
나는 정점頂點이 궁금해졌고

그는 침묵 속에서 생의 처음을 더듬다가
멈추고 드디어 입을 열었다

"거기 있지 마"

그 순간 나는 내가 있는 자리를 들키고 말았다
아늑한 햇살이 들어오는 곳이었는데
영문도 모른 채 나는 그곳에서 챙겨야 할 것을 생각했고

그가 방울을 흔드는 속도를 높일수록
나는 숨을 죽이고 기다렸다
내가 있는 자리에서
오후 세 시를 가리키는 시계를 보면서
여전히 이 모든 것이 낯설었다

정작 여기가 어디인지 알 수 없지만
아늑한 햇살이 들어오는 곳이었고

점차 방울 소리가 들려오자 여기가 점집처럼 보였다

그는 방울을 흔들면서 나를 여전히 찾고 있었다
점은 내가 모르는 자리에 내가 머무는 일이었고
여기가 점집이라는 확신이 들자
그는 더 이상 방울을 흔들지 않았다

꿈이 기억나지 않아도
꿈을 꾼 느낌이 남는 것처럼
점을 보고

나오면서
나는 그것을 믿어 보기로 했다

벽의 꿈속

벽은 전력으로 질주하는 꿈을 매번 꾼다

꿈에서 깨어난 벽은
속도의 아뜩함을 수직으로 압축한 채
내 앞에 서 있다

벽 앞에 오래 있으면
벽이 나를 밀어내는 힘이 느껴진다

면역력이 약해지거나 벽의 질주를 방심할 때
벽이 내 안으로 훅 밀고 들어오기도 한다

골방에서 사방의 벽을 앓는 동안
벽의 꿈속에서 벽을 주먹으로 때리면
나에게서 코피가 난다

꿈에서 깨어나기 위해 자라나는
균열을 우리는 탯줄처럼 공유하고 있는 것이다

해 설

빛나는 의심, 눈부신 균열

이병철(시인, 문학평론가)

　세계가 모두에게 세계일까? 시간이 모두에게 시간일까?
박유하에게 '세계'란 때때로 세계이지만 세계가 아닌 세계
다. 시간 또한 그러하다. 박유하의 시적 주체가 속한 시간
은 대개 "냉장고 문을 왜 열었는지 기억나지 않을 때"이거
나 "설거지하다가 어느 순간 설거지가 끝나 있을 때"다. 그
렇게 "생활의 맥락을 자주 놓치"(「방에 관한 사례」)는 시인에게
시간은 연속적인 질서가 아니라 분절되고 파편적인 우연과
혼돈이다. 여기에는 인과가 없다. 박유하의 시에서는 '나'
와 세계가 불일치하는 순간도, 예기치 않게 주파수가 일치
하는 순간도 모두 인과 없는 우연이다. 우연은 인식의 차
원 바깥에서 작동하며, 의미의 중력으로부터 간섭받지 않

는다. 인간의 사유는 명료한 의식 속에서 구성되는데, 박유하의 시는 의도적으로 명료함을 벗어나 주체가 인식할 수 없는, 그래서 뭐라 말해야 할지 모르는 현상들을 직면한다.

이불 안에는 어둡고 따뜻한 허공이 맴돈다
무엇이든 맴돌다 보면 허공이 되는지 모른다

숨소리가 이불 안에서 돌고 도는 동안
나는 어딘가 오래 고여 있는 느낌으로
허공을 알아차린다

"기상"
알람이 울리고

이불 안에서 태동처럼 울렁이던 나는
무르익지 않은 몸으로 기어나온다

다리에 힘을 주고 일어나면
구체적인 이곳에 착륙한 기분이 들고

"언제 왔어?"
너는 웃으며 묻는다

"방금"

이라고 말하자 너는 없다

"기상"

알람이 울리고

나는 다시 집중하면서

이것이 게임이라는 생각이 든다

계속 진다면 기상은 무한히 반복될 것이다

"악몽을 꿨구나"

네가 나의 이마를 쓰다듬는다

악은 무엇일까

나는 연구자처럼 기상을 하지 말아야겠다는 규칙을 만들고

"기상"

알람이 울리자

무르익지 않은 몸이 곤두서면서

나는 기상을 하고 마는 것이다

어둡고 따뜻하게

나는 악당처럼 맴맴 돌았다

—「늦잠」 전문

시인은 인식할 수 없는 그 모든 우연들을 '허공'으로 명명한다. 시집에는 '허공'이라는 단어가 자주 등장한다. 허공은 불분명하기에 자유로운 세계, 박유하에게 세계란 무한히 증식하는 허공이다. "무엇이든 맴돌다 보면 허공이 되는" 세계는 정착하지 못하는 성질을 가진 다양체로서의 공간이다. 박한라의 시에서 '허공'은 명료한 의미가 되지 못한 채 무의미의 광활한 공백을 떠도는 언어를 통해 그 흔적을 내어놓는다.

시인은 현실과 꿈의 중간쯤에서, 인식과 착란 사이 어딘가에서 시적 주체가 '미연이' '젠' '엄마' '당신' 등 고유명의 타자들과 함께 부유하고 있는 허공으로 독자를 안내한다. 그곳은 대상과 의미, 확신과 의심, 의식과 무의식, 크로노스와 카이로스가 만들어 내는 아득한 낙차의 세계다. "내가 죽었다는 것일까, 살았다는 것일까"(『안마』) 확실치 않고, "방에 있는 형광등이 네모인지 동그라미인지"(『방에 관한 사례』) 불분명한 그곳에서 주체는 모든 것이 의심스러울 만큼 혼란을 겪는다. 그 혼란감은 시인으로 하여금 "표류인"(『표류인』)이라는 자의식을 갖게 한다. 세계는 분명 그대로인데, 내가 알던 세계가 아닌 것만 같은 미시감(자메뷰jamais vu) 속을 표류하면서, "어딘가 오래 고여 있는 느낌으로/ 허공을 알아차"리는 바로 그때, 박유하는 "쏟아지는 현기증을 따라"(『늙은 소파의 귀』) '세계 아닌 세계'라는 매혹적인 역설을 파헤친다. 그리고 그 과정에는 현란한 시적 기교나 언어유희 대신 건조한 진술과 대화체의 활용이 두드러진다. 문학적

공작성을 철저히 배제한 채 평범하고 일상적인 장면의 묘사
만으로 독자에게 깨달음을 주는 에피파니Epiphany는 박유
하 시의 중요한 특징이다.

십, 구, 팔, 칠
'지금이라도 뛰쳐나갈까'
삼, 이
나는 두 눈을 꾹 감고
일

두 눈을 떴다
폭발물이 터졌는데
방이 무사하다

그렇게 죽고 싶던 나는
죽지 않은 것이 자랑스러웠다

밖에 나오자
사람들이 나를 쳐다봤다

"무슨 일 있었어?"
"나도 모르겠어
분명 이곳이 폭발했고 나는 여기 있어"

나는 미연이와

차를 타고 도로를 달렸다

갑자기 살아 있는 것이 의심되는 순간

차가 도롯가로 떠밀려 가듯이 멈추어 섰다

"왜 이러지?"

"미연아, 미안해 나 때문이야

나는 아무래도 죽은 것 같아"

미연이는 겁을 먹었고

나는 죽어 있는 나를

한 발짝도 움직일 수 없었다

미연이는 정지한 나를 경이롭게 여기며

폭발 사건을 믿었다

"그런데 이 일을 어떻게 하지?"

"방이 무사하잖아"

우리는 환하게 웃었다

                              —「폭발 사건」 전문

위 시의 화자는 폭발 사건을 겪는다. "두 눈을 떴다/ 폭발물이 터졌는데/ 방이 무사하다"는 진술로 미루어 보아 폭발은 아마도 꿈속의 사건인 듯하다. 그런데 꿈에서 깨어나 외출한 화자는 "무슨 일 있었어?"라는 '미연'의 질문에 "나도 모르겠어/ 분명 이곳이 폭발했고 나는 여기 있어"라고 대답한다. 꿈과 현실을 혼동하는 이 몽환상태는 급기야 "갑자기 살아 있는 것이 의심되는 순간"으로까지 확산된다. "분명 이곳이 폭발했"다는 말을 의심하던 미연은 화자가 "나는 죽어 있는 나를/ 한 발짝도 움직일 수 없"을 때 비로소 "폭발 사건을 믿"게 된다.

크리스토퍼 놀란의 영화 〈인셉션〉에는 중력에 대한 매혹적인 상상력이 펼쳐져 있다. 인간이 수면 중에 경험하는 꿈의 세계를 무중력 공간으로 표현한 것이다. 꿈을 무의식의 우주 공간이라고 한다면, 꿈과 중력 사이에는 확실한 연관성이 생긴다. 우리는 불과 5분 남짓 짧은 낮잠 동안에도 꿈을 꾸는데, 그 꿈에서는 과거 혹은 미래로 수십, 수백 년 시간이 흐르곤 한다. 시간의 경계가 무화되고, 공간 개념 또한 사라져서 꿈에서 우리는 시공을 자유롭게 넘나든다. 공중을 날아다니기도 한다. 중력이 아예 없거나 희미한 우주에서는 시간의 흐름이 정지된다. 지구에서의 백 년이 우주의 어느 행성에서는 불과 하루에 지나지 않을 수도 있다. 우주비행사가 우주선 안에서 해파리처럼 둥실둥실 떠다닐 수 있는 것 역시 우주가 무중력 공간이기 때문이다.

박유하의 시적 주체가 폭발 사건을 경험한 꿈속은 현실원칙이 작용하지 않는 무중력 허공이다. 〈인셉션〉은 수면을 세 단계로 나누는데, 1단계가 선잠이고, 2단계는 숙면, 3단계는 깨나지 않을 수도 있는 깊고 캄캄한 잠이다. 등장인물들은 각 단계마다 꿈을 꾼다. 2단계에서는 꿈속에서 꿈을 꾸고, 3단계에 가서는 꿈속의 꿈속에서 꿈을 꾼다. 단계가 깊어질수록 중력으로부터 자유롭다. 우리가 선잠 중에 티브이 소리나 창밖에서 사람들이 대화하는 소리를 귀로 듣는 걸 떠올려 보면, 잠의 단계에 따라 중력이 다르게 작용한다는 영화의 설정은 그저 허구적 공상만이 아니다.

영화의 가장 매혹적인 상상력은 잠든 사람이 3단계 꿈에서 2단계, 1단계로 순차적인 귀환을 하지 못한 채 꿈속에서 어떤 사건에 의해 죽을 경우, 잠에서 깨나도 평생토록 꿈에 갇힌 채 현실로 돌아오지 못하게 된다는 것이다. 영화에서는 그 영구적인 현실감 상실의 상태를 '림보Limbo'라고 칭한다. '경계' 혹은 '가장자리'를 뜻하는 라틴어 'Limbus'가 어원으로, 가톨릭 신앙에서 구원을 받지 못한, 그렇다고 심판을 받은 것도 아닌 이들이 머무는 고성소古聖所를 의미한다. 그곳은 무의식 그 자체라고 할 수 있으며, 현실의 완전한 대척점에 존재하는 세계다.

"나는 아무래도 죽은 것 같아"라고 토로하는 화자는 어쩌면 림보에 갇혔는지도 모른다. 꿈속의 폭발 사건을 현실로 받아들이는 '나'와 거기 동조된 '미연'의 믿음은 인식도 아니고 착란도 아니다. 여기까지 읽은 독자는 이 시를 꿈과 현실을 혼동하는 몽유병자들의 대화 정도로 여길 것이다. 하지만 "그런데 이 일을 어떻게 하지?"라는 미연의 물음에 화자가 "방이 무사하잖아"라고 대답하는 순간, 시는 몽상에서 빠져나와 서늘한 현실을 독자에게 환기시킨다. 평범하고 일상적인 장면이 평범함이라는 외피를 벗고 진리의 얼굴을 보여 주는 현현顯現이 일어나는 것이다.

꿈속 폭발은 화자의 온 존재를 뒤흔드는 강렬한 사건이지만, 현실 공간인 '방'은 아무렇지도 않다. 세월호 참사도, 용산 참사도, 수많은 산업 현장의 재해들도, 여성을 대상으로 한 혐오범죄도 모두 꿈속의 폭발보다 훨씬 끔찍하고 두려운 충격들이지만, 세계는 늘 무사하기만 하다. "모두 병들었는데 아무도 아프지 않았다"(이성복, 「소풍」)던 1980년대 보편적 주체와 은폐된 세계 사이의 괴리가 박유하의 시에서 지금, 여기의 윤리적 문제로 소환될 때, 우리는 집단적 트라우마를 겪었음에도 그것을 꿈속의 일처럼 여기며, 그저 '방'이 무사함에 안도하면서 "환하게 웃"는 몽유병자들이 된다.

동생이 울자
느닷없이 장난감에서 동요가 나온다

내가 동생을 안아 주고 있는 동안에도
장난감은 "hello, hello" 말을 건넨다

동생이 더 이상 울지 않자
나는 장난감 뒤쪽에 있는 전원 버튼을 내린다

그때 거실에서 "쾅!" 소리가 나고

장난감은 "좋은 아침이에요" 말을 건넨다

"내가 볼륨 버튼을 내렸나 봐"

우리는 다시 장난감 뒤쪽으로 가 보았지만

전원 버튼은 내려져 있다

　　　　　　　　　　　　　─「이상한 고장」 전문

　꿈과 현실 사이, 의식과 무의식 사이에서 박유하 시의 주체는 "길을 잃은 것처럼/ 어디로 가야 할지 망설"이면서 '세계'를 의심한다. 그가 세계를 의심할 수밖에 없는 것은, 분명 자기 집에서 잠들었는데도 "누군가 나를 흔들며 깨"워 "당신은 누군데 우리 집에서 자고 있지?"(「귀가」)라고 묻는 식의 기묘한 상황에 자주 놓이기 때문이다. 위 시에서도 '나'는 동요와 말소리가 나오는 장난감의 전원 버튼을 내린다. 그런데도 장난감은 "'좋은 아침이에요' 말을 건넨다". 혹시나 전원이 아닌 볼륨 버튼을 내렸을까 봐 장난감 뒤를 확인해 보지만 "전원 버튼은 내려져 있"다.

　엄밀하게 말해서 박유하의 시적 주체는 세계를 의심하는 것이 아니라 세계에 대한 자신의 '인식'을 의심하는 것이다. 세계에 대한 나의 인식과 세계라는 실재가 불일치하는 순간의 위화감이 "오빠, 민들레 꽃씨를 불면 이곳이 꿈속 같아"

(「민들레 꽃씨」)와 같은 진술을 통해 토로된다. 박유하는 우리에게 경험을, 경험의 산물인 인식을, 인식을 통해 형성된 세계를 의심하라고 말한다. 마치 데카르트의 형이상학적 사유처럼, 기존하는 모든 사물과 현상들을, '나'라는 자기 존재마저도 부정하고 의심하라는 것이다.

"네가 빌려 간 접시는 언제 갖다줄 거야?"
나는 젠에게 접시를 빌려 간 적이 없었다

"기억이 나지 않아, 젠
난 집 안의 접시들을 다 보여 줄 수 있어"

우리는 찬장과 선반을 샅샅이 살펴보았고
나는 낯선 접시들을 여러 개 발견했다

"혹시 이 중에 있니?"
나는 젠에게 낯선 접시들을 보여 주었고
젠은 이 중에 없다고 말했다

"바로 이거야!"
그 순간 젠은 내가 매일 쓰는 접시를 들고 외쳤다
"젠, 그거야말로 내 접시야"
나는 당황스러웠지만 젠은 확신에 차 있었다

나는 접시를 빼앗으려 하고

젠은 접시를 지키려다가

그만 접시가 바닥에 떨어져 깨지고 말았다

나와 젠은 웃음이 나왔다

마치 둘 다 접시 주인이 아니라는 듯이

—「접시 주인」 전문

　박유하의 시에는 인식을 확신하는 타자와 그 확신을 끊임없이 의심하는 '나'가 자주 등장한다. 그런데 위 시는 국면이 조금 다르다. 확신과 의심의 대립이 아닌 확신과 확신의 충돌이 일어나고 있기 때문이다. 접시를 두고 벌이는 '나'와 '젠'의 실랑이는 요즘 인터넷 용어로 '자강두천(자존심 강한 두 천재)'의 싸움을 연상케 한다. 시의 내용은 단순하다. 두 사람이 한 접시를 두고 서로 자기 것이라고 주장하면서 "나는 접시를 빼앗으려 하고/ 젠은 접시를 지키려다가" "그만 접시가 바닥에 떨어져 깨지고 말았"다. 접시가 깨져 버린 순간, '나'와 '젠'은 마주 보고 웃는다. "마치 둘 다 접시 주인이 아니라는 듯"이.

　접시가 바닥에 떨어져 깨졌을 때, 형태를 가진 사물이었던 것이 형태를 잃고 더는 사물로 존재할 수 없게 되었을 때, 접시라는 존재가 '없음'이라는 부재가 되어 버린 그 순간 '나'와 '젠'은 둘 다 접시 주인이 아니게 된다. 플라톤식으로 말하자면 깨진 접시는 진짜 접시가 아니고, 진짜 접시는 이데아에 있다. 플라톤의 관점에서 '나'와 '젠'은 처음부터 접시가 아닌 것을 가지고 다툰 것이다. 플라톤의 이데아론에 반대한 아리스토텔레스식으로 말하자면 접시는 접시라는 형상과 접시를 이루는 질료로 이루어졌다. 아리스토텔레스의 입장에서는 깨진 접시는 접시라는 형상을 잃고 오직 질료만 남게 되었으므로 더는 접시가 아니다. 이 시는 플라톤을 적용하면 인식과 관념의 불완전함을, 아리스토텔레스를 적용하면 형상의 유한함을 환기시킨다. 더불어 '나'와 '젠'이 궁극적 가치로 믿었던 '접시'라는 근본을 깨뜨리면서 "둘 다 접시 주인이 아니라"는 상실감, 허무감을 발생시킨다는 점에서 니힐리즘Nihilim적이기도 하다. 이 대목에서도 역시 박유하의 에피파니가 빛을 발한다.

버스는 높은 방지턱을 여러 번 넘고 있었다
나는 넘실거렸고 금방 넘칠 것 같았다

길은 굽이쳐 흘러가는 힘으로 곧게 뻗어 있었다
방지턱에서 평지로 이동하는 동안

나는 그곳으로 이어지는 물결 같았다
서서히 눈이 감겼다

순간 버스가 급정거했고

마침내 나는 그곳에 다다르고 있었다

제자리는 물결이 가장 센 곳이다

구름이 멈추자 하늘이 움직였다

버스가 다시 출발했고

나는 적잖이 엎질러져 있었다

끝내 비울 수 없는 극소량의 잔뇨감으로

나는 여전히 흘러넘칠 것 같았다

그곳은 이미 지나쳤는데

나는 아직 그곳을 향하는

버스를 타고 있었다

　　　　　　　　　　　　　　　—「표류인」 전문

　박유하는 시종일관 '나'와 세계가 불일치하는 다양한 국
면들을 시로 형상화한다. 위 시는 이번 시집에서 '나'와 세계
의 불화가 가장 극적인 형태로, 긴장감 넘치게 묘사되고 있
는 작품이다. 화자는 버스에서 심한 요의를 느낀다. "나는
넘실거렸고 금방 넘칠 것 같았다"고 하는 걸 보니 더는 참기
힘들 만큼 다급한 상황인 듯하다. 화자가 "순간 버스가 급

정거했고/ 마침내 나는 그곳에 다다르고 있었다"고 할 때, '그곳'이란 더는 방뇨를 지연할 수 없는 인내의 한계점을 의미한다. 결국 화자는 "버스가 다시 출발"하는 순간, "적잖이 엎질러"지고야 만다. 도저히 참을 수 없어서 옷을 입은 채로 소변을 흘려 버린 것이다. 외부적 충격에 의한 강제적 방뇨는 화자에게 배설의 쾌감 대신 불쾌감만을 안겨 준다. 시원하게 소변을 배출해 내지 못하고, 그야말로 찔끔찔끔 소변을 흘린 화자는 "끝내 비울 수 없는 극소량의 잔뇨감으로/ 나는 여전히 흘러넘칠 것 같았다"고 고백한다.

흥미로운 지점은 마지막 연이다. "그곳은 이미 지나쳤는데/ 나는 아직 그곳을 향하는/ 버스를 타고 있었다"는 화자의 안쓰러운 진술에 주목해 보자. 육체적 인내의 극점을 이미 지나쳐 "적잖이 엎질러"졌음에도 "극소량의 잔뇨감"에 의해 또 한 번 한계점으로 치닫는 이 '웃픈(웃기고 슬프다는 뜻의 신조어)' 상황이야말로 '나'와 세계의 완벽한 불화가 아니겠는가. 기왕 엎질러진 거 시원하게 다 쏟아 내 카타르시스라도 만끽하면 그나마 덜 억울하기라도 할 텐데, 잔뇨감으로 인한 여전한 요의에 더불어 수치심과 자기모멸감, 축축한 찝찝함까지 떠안은 채 "버스를 타고 있"는 화자의 모습은 한 편의 블랙코미디다. 화자는 최악의 방식으로 이미 그곳을 지나쳤지만, 버스는 목적지인 '그곳'으로 계속 달려간다. 화자가 이미 지나친 그곳, 어쩔 수 없이 다시 향하는 그곳, 그리고 버스의 목적지인 그곳이 서로 어긋나 불화하는 국면 속에서 화자는 수많은 '그곳'들에 닿았다가, 거기서 버려졌다가, 어디로도 갈 수 없는 "표류인"이 된다.

숨을 오래 참았다 가슴 속으로 가느다란 균열이 생겼다
균열을 따라 몸이 조금씩 쪼개졌다 나는 숨을 들이쉬며 몸
이 다시 붙는 기분을 즐겼다 그날도 나는 숨 참기 놀이를
하며 균열이 생기는 것을 경험하고 있었다 균열은 가속도
를 즐기듯이 깊고 빠르게 자라나 푸른 사과의 꼭지와 이어
졌다 푸른 사과는 무호흡의 시간 속에서 단단하고 새콤한
과육을 자랑하고 있었다 푸른 사과에게 균열은 영양분을
나르는 탯줄 같았다 나는 푸른 사과를 한입 베어 물고 싶
었지만 숨을 쉬어야만 입을 움직일 수 있다는 것을 깨달았
다 결국 나는 푸른 사과를 먹기 위해 입을 벌리는 순간 푸
른 사과를 잃어버렸다 몸이 봉합되는 오 초가 흐르는 동안
하늘을 둥둥 떠다니는 적막이 천국의 문을 활짝 열고 있었
다 어쩌면 내가 푸른 사과를 한입 베어 물었는지도 모른다
─「푸른 사과」 전문

'표류인' 박유하의 시가 매력적일 수밖에 없는 것은 그녀
가 '균열'을 사랑하는 시인이기 때문이다. 앞에 인용한 「표
류인」에서 이미 보았던 것처럼, 그녀는 세계와 '나'가 불화
함으로 발생하는 균열을 기꺼이 삼켜 제 안에서 더 크고 깊
게 키워 내는 시인이다. 위 시 「푸른 사과」는 한 편의 매혹
적인 메타시로 읽힌다. 화자는 "숨 참기 놀이를 하며 균열

이 생기는 것을 경험"한다. 호흡이 세계와 화합하고 동조하는 행위라면 "숨 참기"는 세계와 일부러 불화하려는 시도다. 세상의 무수한 시들이 세계와 화해하고 합일하는 서정의 순간을 노래하는 데 비해 박유하는 세계의 모든 것을 의심하고 부정하면서 인식의 균열, 일상성의 균열, 관념과 의미의 균열을 도모한다.

균열은 상처다. 예술이 타성과 관습에 젖은 정신을 찢어 거기서 새로운 감수성을 끄집어내는 행위일 때, 정신에 새 살을 돋게 하기 위해 상처는 불가결 요소가 된다. 숨 참기를 통해 세계와 불협화음을 발생시켜 얻은 균열 끝에서 새로운 시적 감수성인 "푸른 사과"가 자라난다. "푸른 사과는 무호흡의 시간 속에서 단단하고 새콤한 과육을 자랑하고 있"다. 화자는 "푸른 사과를 한입 베어 물고 싶었지만 숨을 쉬어야만 입을 움직일 수 있다는 것을 깨"닫는다. '언어'라는 약속된 체계를 통하지 않고는 푸른 사과를 표현할 수 없다는 사실을 인정하고 수용하는 것이다. 하지만 이는 세계와의 전면적 화해가 아닌 선택적 합의일 뿐이다. 이제 박유하는 균열의 단단하고 새콤한 과육인 푸른 사과를 "푸른 사과"로 표현해 내기 위해 언어의 불가능성에 도전할 셈이다. "푸른 사과를 먹기 위해 입을 벌리는 순간 푸른 사과를 잃어버"리는, 시니피에와 시니피앙 사이 낙차에서 추락하는 아픔을 기꺼이 견뎌 내면서, 계속 오르고 오를 것이다. 추락하고 또 추락할 것이다. 그렇게 끊임없이 싸워 나갈 것이다. 균열과 불화를 자처한 생이 고독하고 외롭겠지만, 괜찮다. 그녀는

"누구도 나를 쳐다볼 수 없다고/ 느낄 때 나는 가장 눈부시다"(「더블」)는 사실을 이미 알고 있으니까.